NENHUMA POESIA

ROGER DE ANDRADE

NENHUMA POESIA

ROGER DE ANDRADE

Para Christiane, Hugo Lee e David – alguma poesia

Para Carlos e João
"depois de drummond e rosa
duro é fazer poesia e prosa"

“o cisco do sol no olho
– claritas: jato epifânico!
(...)

inscrições rupestres na ponta da língua
(...)

there is no
plain meaning
in a
poem”

Haroldo de Campos

I

II

III

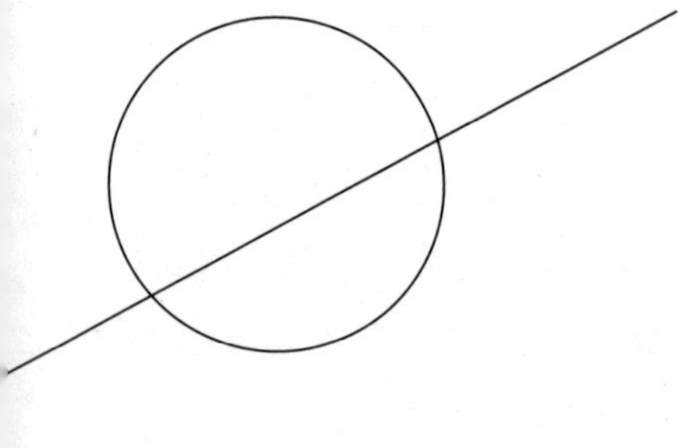

I

“Esta folha branca
me proscreve o sonho,
me incita ao verso
nítido e preciso” ...

nenhuma poesia

nenhuma poesia
contém a afasia
de estar no cio

do poema nenhum
do lugar comum
sem poesia alguma

subverto o verso
submerso imerso
em reverso e acerto

o ritmo rima
a forma conforme
o metro informe
o contamina

o humor
requer
querer
rumor

(aonde
anda
a onda?)

vou-me embora pra Parnaso
lá sou amigo de Pegasu

lá tem mescalina
verso pé quebrado
sem muleta ou gesso

newmusikantiga
dançam todo dia
: bolero barroco

excessos pausados
verbo libertino
pré-tudo/pós-nada

palavras latentes
latejam distantes
plumagem de sons

oba! nem a retenção
de verbas vai me deter

cinta

sinta a sintaxe
relaxe a sintaxe
sinta e relaxe

A palavra faz o desenho
que a visão não descreve
que a audição não reteve
através do poema ferrenho.

A viga mestra da palavra
aquele espaço ousado
deduz seus termos calmos
e secos da lama que a grava.

Desfigura cubos
expressa sentidos
opera sob jugo
de corte infinito.

texto-corpo

o texto perfeito
não é o corpo perfeito

o corpo pré-feito
o texto pós-feito
é esquerdo ou direito?

feito o corpo
o texto é feito
de mal feito
de mal jeito
de defeito
de rejeito

o corpo torto
o texto porco
coxo moxo xoxo
o texto-corpo
é vivo ou morto?

o texto fala tudo
demora enquanto dança
ao som de sonhos maus
metáfora ai! machuca

a quimera de construir o poema

a imagem perfeita
da miragem desfeita
refeita viagem
em estreita vantagem
zeragem bem-feita
em margem rarefeita

o devaneio de destruir o poema

o haicai é um ai
que cai sem menos nem mais
enquanto vem vai

pulso

não
sei
qual

sabes
como
nada

na música
domina
a artéria

dia-a-dia
melodia
harmonia

literatura:
o imaginado
do nada visto

as formas secretas
segredam disformes
reformas concretas

ritmos saltitam
no ponto neutro
da dissonância

a poética
dispõe ética
por palavras

o avesso
entorta a
retina

olhos
tentam
tudo

meu
eu
não
(sim)

há pouco elíptico
apocalíptico
apoplético
há pop léxicos
apalpo léticos
o papo eclético
a polpa lê-se com

poema

antisséptico
anticético
antes ético
(poético?)

Os pesos da noite
abastecem os passos
da sorte de quem
tem seus dias fartos.

Como a dita sombra
que esclarece ao invés
as cortinas meras
de chupar morfina.

A afasia se traz
na voraz azia
de ver a rima
e sonhar no escuro.

vent
vert

vin
vrai

vain
vers

Na sala de aula, moderno(so)s

a consciência lírica do poeta
olha! vamos garimpar
novas sensíveis
novas imponderáveis
(velhas)

chove de menos
há muito barulho
outros adoecem

enquanto o retrocesso agorista
me esquarteja
(meninos ele viu)
daqui a instantes
o passadismo up-to-date

hèsitation prolongée entre le son et le sens
sort of inspired mathematics,
equations for the human emotions
mélange adultère de tout
a poesia/filosofia não é para os jovens

poesia pura
literatura
em terra escura

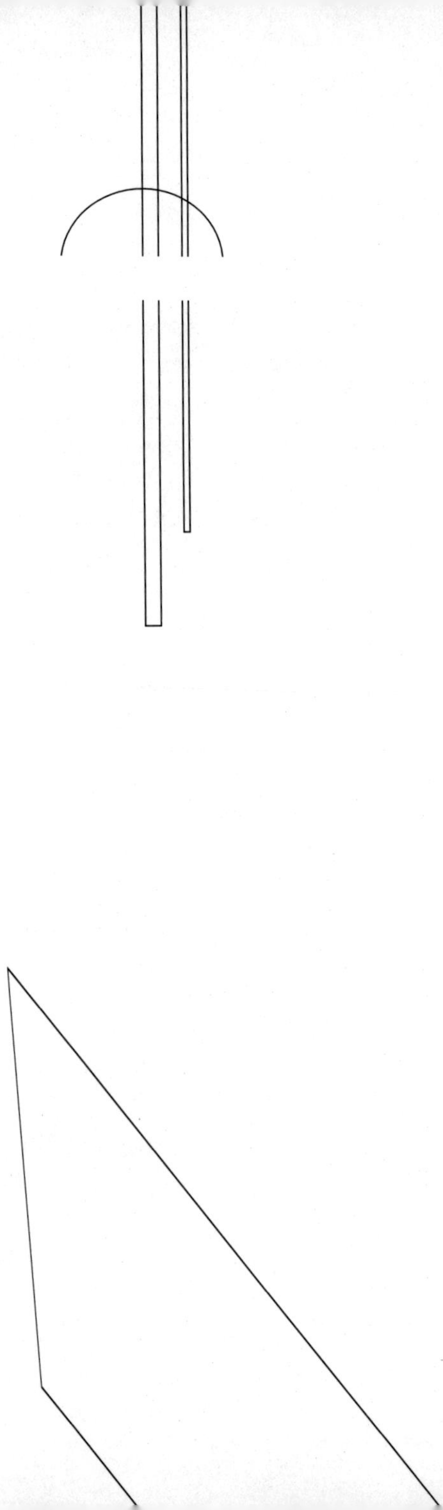

II

... “O livro de sua dança
capas iguais o encerram:
com a figura desafiante
de suas estátuas acesas.” ...

amapola a galope
oprime os girassóis
que na luz intratável
lacrimejam desertos

desertos nevoentos
lançam claros sinais
pelos quais é vertigem
mover-se diariamente

amapola insinua
amores pênseis e vãos
na arquitetura dúctil
de sonhos desfolhados

aquela

aquela lá sempre
solidão no amor
aquela ali sempre
partilha impossível
aquela onde sempre
emoção ambígua

resta a recorrência

aquela quando sempre
descrença simpática
aquela quando sempre
paixão inconclusiva
desespero que só se suporta
em esperas insuportáveis

os olhos sangram
mármores mares
(ondas dos seios)

onde a língua lambe
o espinho bálsamo
de olheiras sem norte

teus seios singram
os olhos acesos
(tanta dor tensa)

onde amores marés
humores em revés
os suores que tu és

teço teias
tenciono
tensas tetas

pênseis pés
persignam
signos persas

persisto
trespasso
transgrito

O acaso dos corpos
compara-se ao rombo
que fiam em copos
de cristal e afrouxos.

Não se esgarça a concha
ao subtrair a tocha
que me valho em toda
fruição que molha

é como se foder
fosse abrir dedos
em fendas podres
prenhes de belos.

Desejo, e a palavra
que me enleva lavra
avara a vara vã
que avalia e avaria.

	o pinto pinça pingos	o seio sei-o cheio	
	o peito perto aperto	o beijo beira a vara	
	a língua langue lambe	a coxa coaxa chocha	
	o cu cru cry	a porra jorra à forra	
	a perna erma esperma	o saco caço em cacos	
	o falo fale a fala	a vulva vulgí- vaga	
	o rabo cabe o cabo	o pelo pela pele	
o coito muito doido	a bunda imunda abunda	o corpo como porco	a foda foca à faca

a fêmea
freme
a fenda
(fancy)

aroma:
amora
amara

romana
ronrona
em roma

romana
namora
in roaming

amaro
amo
o mar

amaro
des
mo
ro
no

Dés/espoir

Café da manhã e negra esperança
brilhando em farta mesa.

Dentes perfumados
sorrindo esperas excepcionais.

Paletó e gravata precisos
zoando vossa barbárie burguesa.

A rua do plausível
e a lembrança do labirinto.

Seios noturnos pendurados
em poder de aniquilamento.
(cheiro de sonhos)

Cadê o grito persuasivo da inflexão cabal?

No bar

a garrafa vê a rua passar
o copo vê as pernas passarem
a mesa vê os carros passarem
a cadeira vê a vida passar

o vinho não vê a vida passar
dentro de mim me faz suportar
ver a vida passar

vou só
comigo
pensando
na vida
pensando
na morte
me chama
querida

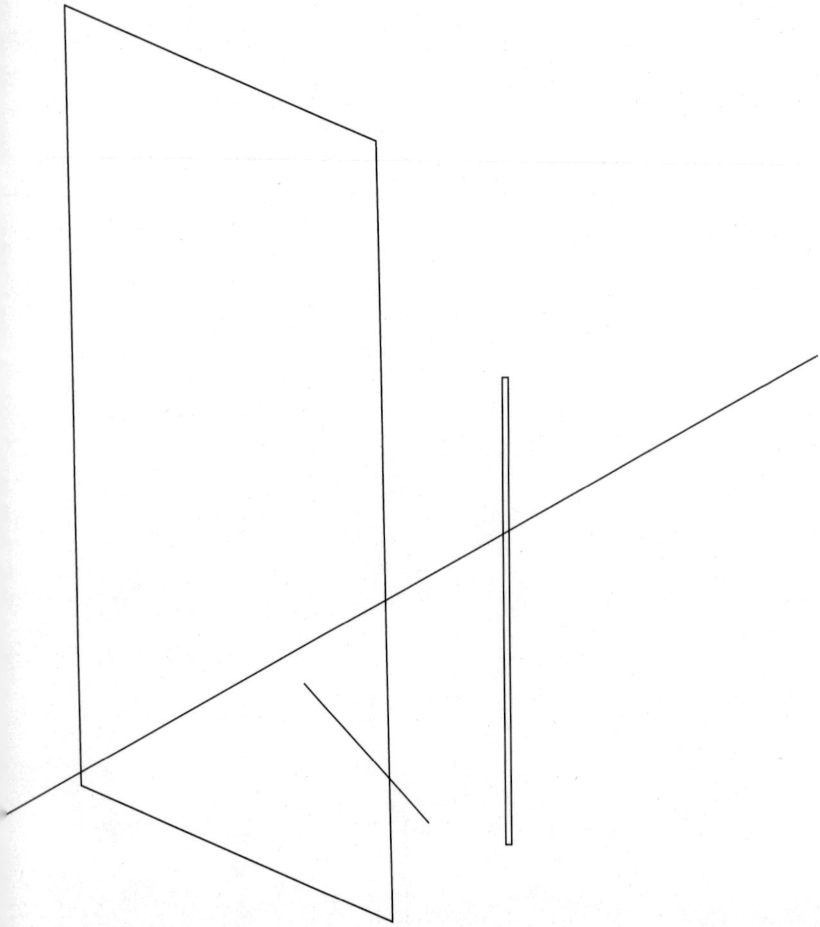

III

... “Eu me refugio
nesta praia pura
onde nada existe
em que a noite pouse.”

João Cabral de Melo Neto

e. pound
e oswald:
mas aonde?

benjamin
em berlim
bem spleen

miles
cool
mina

ver beethoven sempre jovem
mero jogo dos sentidos
puro jogo das palavras
o som em si sonha a forma
expressa o som-pensamento
massa difusa de eventos
fixa a figura da fúria
arte que sonha ser arte
festa na tela do caos
enquanto pensa a emoção
escala em silêncio os sons
gera a linguagem in-comum

glenn gould corre como um doido
atrás dele fúrias tônicas
vai a música vaga muda
filosofa acerca da ordem
do caos imagens cansaço
extrema o tênue limite
o ser compõe sua linguagem
viagem sem começo ou fim
glenn gould dança o pensamento
na solidão do uni verso

seus gritos metafísicos
pianos ensimesmados
moral de transcendência
caem anjos do prosaico
meditam sentimentos
revela a bela imagem
engasga o gás do tempo
a esfera eterna espera
sonho do sol da essência
que vaga a noite só
sombra e luz na féerie
da anima murilista

a teus pés
ana tu és
meu revés

pen is
pena
pain is
penis
plath
death

women don't paint
women no pain
home too vain
virgin contains
her dall-o-way

La vie en rouge

para P. Leminski

prosaico ou burlesco
fellini ou ionesco
pinto o afresco
de um homem fresco
sob permanente cerco
não sei se ganho se perco
quero tudo até esterco
por em xeque o asco
levar a vida em casco
esta se der eu tasco

O som e o sentido

para J. M. Wisnik

uma melodia
caminha
na harmonia
da cárie minha

um contraponto
anda
no contratempo
de uma dor branda

uma voz
passeia
no grito atroz
desta vida incheia

duas melodias
invadem
os duros dias
que em mim ardem

sequência de acordes
se insinua
nos fiordes
da saudade sua

qual cadência
domina
reminiscências
de Minas?

mil tons

milton
mina
minas

milta
o mito
mineiro

milta
o tom
do mato

nasce
no amor
mineiro

no país,
um clube
a cada esquina

Mineiridade

Mineiro mente
mineiramente.
Maneira, a mente.

Fotografia na parede

Rosa dizia:
Drummond benzia:
— Minas as há
em demasia.
Ha! Ha! Ha! Ha!
quanta aporia!

a mineira arte
é mine(i)rar-se

"A poesia — um idioma autodestrutivo.
Universo buraco-negro expansivo.
O silêncio garboso, verboso."

Roger Perand

Agradecimentos

Aos meus pais e avós, por eu ter nascido naquele pedaço da Gaia Mãe-Terra chamado Minas Gerais.

À Aline Ciolfi, quem primeiro imaginou alguma forma para *Nenhuma poesia*.

À Sílvia Nastari e ao Bruno Zeni, sem os quais não haveria esta hesitação demorada entre o som e o sentido, "sem poesia alguma".

Roger de Andrade é natural de Minas Gerais. Em Belo Horizonte, foram lapidados seus anos de aprendizado e sua educação sentimental. É graduado pela FACE/UFMG, mestre pela Unicamp e doutor pela Universidade de Londres (UCL), com pós-doutorado pela Universidade Paris XIII Nord. Atualmente, é professor da Unicamp. É autor do romance *Memórias sentimentais de um gauche na vida* (Ed. Reformatório, 2021), Menção Honrosa do Prêmio Bunkyo de Literatura, e do livro de poemas *Flores em escombros* (Ed. Impressões de Minas, 2023). Já publicou vários poemas na revista *Ruído Manifesto*.

Edição Bruno Zeni
Capa e projeto gráfico Sílvia Nastari
Diagramação Rafael Marcon
Revisão Roger de Andrade e Bruno Zeni

Imagem de capa
A IX (1923), óleo e grafite sobre tela de László Moholy-Nagy
Museu de Arte Moderna de São Francisco / CC 3.0

Dados Internacionais de Catalogação na Publicação (CIP)
(Laura Emilia da Silva Siqueira - CRB 8-8127)

Andrade, Roger de
Nenhuma poesia / Roger de Andrade; capa, Sílvia Nastari.
1ª. ed. – São Paulo: Editora Quelônio, 2024; 64 p.; 13 x 20 cm.

ISBN 978-65-87790-87-9

1. Ficção: Literatura brasileira 2. Literatura brasileira: poesia
I. Andrade, Roger de II. Nastari, Sílvia.

13-202415 CDD-869.91

Índices para catálogo sistemático:
1. Ficção: Literatura brasileira
2. Literatura brasileira: poesia
869.91

Editora Quelônio

Rua Venâncio Aires, 1072
Vila Pompeia / São Paulo - SP
CEP 05024-030
www.quelonio.com.br

Os textos deste livro foram compostos nas fontes Kepler 3 VF e Bebas Neue. O papel utilizado na capa é o Cartão 250g/m^2 e, no miolo, o Pólen Bold 90g/m^2. Impresso na gráfica Rettec. Tiragem de 200 exemplares. São Paulo, novembro de 2024.